歌集

結びなおして

間千都子《あいだちづこ》

目次

歌集

結びなおして

間　千都子

三社参り

嫁ぶりの良きを称えて鰤一本送るならわし今も博多に

魚屋は嫁さんぶりと活きのよき胴太き鰤を選びくれたり

家族つれ息子らが来る師走尽なべ一杯にがめ煮炊きあぐ

昆布を巻く干瓢ぎゅっと締め上げるよい顔ばかりしてはおられぬ

焼あごの出汁の沸きたつ元旦の料理始めは博多雑煮で

息子らと出かける夫のうれしきは博多習いの三社参りへ

洗っても洗っても減らぬ洗い物もうやめたとは言わずに洗う

孫ひまご姑に十四人母に九人ありて事なく年越すわが家

雪の朝

ゆきのあさ変換すれば逝きのあさ再度変換して雪の朝

とどろきて屋根の積雪なだれ落つ六花《りっか》といえど根性ありぬ

柔らかなま白な雪へ切っ先のするどきつらら落とす快感

本日は営業休止と言いたきが家刀自なれば寒波に出かく

波立てぬように暮らすも知恵として少しくあける助手席の窓

親切がお節介になる境界を片足あげて踏むをためらう

後悔のこれくらいなら忘るるに三日ばかりか経験則では

叶えてはならぬ願いは胸のなか推理小説の中にふくらむ

看取らねばならぬ人らを思いつつスクワット今日の一〇回終える

われの憂鬱

ワンピースのファスナーをあげ春色に包まれているわれの憂鬱

呆けしとあの人のうわさ流れくるころに合点の二つや三つ

東京の女学校にて中野正剛に会いしと母は銅像見上ぐ

切れ味の良き断ち鋏シャリシャリと布断つ母にいまある力

生きるのはたいへんという口ぐせの姑のむすめの命日近し

弾き語りライブあります花月夜sakura caféに十八時から

二枚舌三枚舌の一枚にのせる牛タンよき焼きかげん

鍼医者を狙う無頼を殺らぬまま絶筆と書く池波正太郎

産道の大小によるMとL卵の違いを今日は知りたり

神棚に柏手うちて願いごと過去世のひとにも聞こえるように

ペンギン舎

南極と北極のペンギンめでたくも仲良くなるが絵本のあらすじ

折々に娘の顔や婿の顔みする幼なと手をつなぎ行く

娘《こ》の腹には二太郎おりぬ一姫は陰にかくれて人見知りせり

こうやって育てていましたペンギン舎の前に娘と飽かずながめて

叱る子と叱られるその娘とが一歩も引かぬ負けん気をもつ

わるい子もよい子もみんな仲良しに唄っておれば番組おわる

産み月の腹をかかえて立ち上がる丸く尊き命なりけり

薀蓄もいつの間にやら貯えて娘の風邪の去りてゆくらし

みどりごの泣き声やみし明け方を遠く始発電車の動く

お宮参りの晴れ着を掛けしみどりごと我の体温あがる六月

あじさいの乱れ咲くころ老い母が電話口にて限界という

オバアチャンと言われ続けて存分にやつれた頃にさて体重は
喜ばすことを忘れぬ体重計カラダ年齢ぐぐっと落とす
そこここと扉をあけては姑の何だったっけその探し物

紋付の羽織の紐を調達す今朝一番のわたしの仕事

品定めし合うめでたき二家族われも優しき目をして坐る

かみかみ蒟蒻

「お加減はいかがですか」を「お変りはありませんか」と書いて悔いたり

ここまでと栞をはさむ一冊の河野裕子の逝く前の歌

首にかける小さき箱は遺書なりき高地登山をするときに持つ

切り返す言葉いくつか胸内のすぐ取り出せる処に置いて

老い母の苦労話その一を終えたる頃にカットの終わる

訪問の販売員から買う母の黄粉二キロとかみかみ蒟蒻

親孝行の兄と妹姑をどちらも己が引き取りたいと

お迎えがなかなか来ないと姑が言い毎年聞くと住職がいう

長男の名で置かれたるお供物《くもつ》に新妻の有難き心根

墓碑銘をわかる範囲で説明しうからからと〈毎日香〉を手向ける

奥津城の納骨室を掃除する石屋が言えり「まだ入ります」

ほがらかに挨拶をして入らんかこの奥津城の高祖たちへと

酒をのむ鰥夫《やもお》おもえば夫よりも長生きせねばと思うこの夏

何ダヨウ生キテルヨォと飛んでゆく仰向けの蝉を掃き寄せたれば

蜜蜂が筑紫の蜜を吸いに来る白雲たかく湧き立つ真昼

保護者なる我にはちっとも従わぬ助手席の母オーライと言う

またひとつ気の病む事のやってきて我と足並みそろえて歩く

手塩のお米

来月は稲刈りのため休みます不知火つくし昼間の会議

嫌われているのよわたしと言う人に否とは答えて後のつづかず

鶏頭は種パラパラとふり落とし晩夏の花を醜くおわる

減量をせんと卓球台のまえ球の速さを目で追うばかり

身の内の毒は消せまい梅干しを朝朝一つ食べたくらいで

遠吠えは夕方でなく昼にするチワワも老いて一寸《ちょっと》唸りて

父と息子《こ》はいつでも喧嘩中なれどされど酒など酌み交しおり

八十九まではとっても生きられぬとわが言えばすみませんという老い母の

東京の息子に送る新米は肥後もっこすの手塩のお米

検診に異常はなしと夫の言い家《うち》ごはんのおかげとは申さざり

我よりも先に逝きたい夫なれば我の行くさき取越し苦労す

あなたにはなにかあってはたいへんと姑の言葉をかしこみて聞く

会いたいねぇと言い合う友のあることのうれしき秋の高空仰ぐ

同舟に親しき者らひとときの無風の水面をゆく秋日和

ここからは流れに任せてゆきますと秋空を背に船頭さんは

息子似の女孫歩みはじめたり　息子似などとは口をつつしむ

大器晩成

完璧な初音をめざす鶯の試行錯誤のここ二、三日

著名なる人さまを待つ受話器から聞えきたりぬ「お父さぁんでんわぁ」

桜色の風ふきわたる暖かさ父さんがおとなしいと息子ふいに言う

桜ちり遊就館に残されし若き兵士たちの達筆

この服で来るんじゃなかった厚顔のふりしているがああ恥ずかしい

逃げ道はどこにもあらず両の足ふんばって立つやるしかなくて

言い分はそれぞれあれど穏やけく答え一つのゆきつくところ

もう若い人に譲ればいいのにと隣の人の言葉きこえて

十三夜、熱球、武将、新美玉名をもちずらり並ぶダリアの

ひいばばと呼ばれる母は精一杯抱くも曾孫を持ち上げられぬ

わが窓にぐんと張り出す葉桜の風のままなる優柔不断

ＬＥＤに今し変えれば死ぬまでにもう変えなくてよいと息子は

桃の実に夜来の雨のふりつづくこのごろ聞かぬ〈大器晩成〉

すはだかの母と私が手をつなぎ踏み出す湯船までの七、八歩

温泉に沈みし母が上を向き寿命が延びたと言うに応えず

愛娘の食事を見ている若夫婦うるさいとそのうち言われるだろう

いそいそと出掛くる息子そのむかし仲人口という口ありき

視覚から背中へ虫唾《むしず》が走るなりレオタードショッキングピンクの翁

凡なる秘密

盛会を祈ると書きて梅雨ごもる友らは今の私を知らない

明日から頑張りますのこころざし今日のわたしに明日をつかめず

三文は積み立てておくあかときの雲にかくれしままの朝日子

朝顔の蔓の迷走する朱夏を台風二つ列島めざす

熱風が地を這うごとき真夏日に純粋殺人という語彙を知る

蝉時雨そそぎ流れる玉の汗苦労自慢に甲乙つかず

明かされてしまえば凡なるこの秘密たたんで漏らさずすこしたのしむ

こみあげる感動ふともあふれいで舞台のわれは言葉につまる

「ポトナム」の白き背表紙ならぶ棚われはこれっぽっちの歌歴

ふるさとからの

私がふるさとならば息子らへふるさとからの小包がゆく

幼子の指にふれれば開花する液晶画面の電子絵本は

美容師の夫婦《めおと》あうんの息遣い動線みごとに分業はたす

演題は「骨粗鬆症と骨太対策」我は代理という顔で聞く

六月の空を映して水張田の天にも地にも人の影なし

失せ物があれば私が犯人となりて母との現場検証す

老い母を息子にたのむ梅雨の朝わが子をかつて恃みし母を

ホウレイ線とはひびき恐ろしこの顔にいつもふた条《すじ》のせているなり

嫁の母はよき人柄でよき声ですこし涙目でわれと話せり

郷に入り白紫陽花はわが庭にやがて青藍濃き紫へ

ゴミ出しは月曜の夜カラスどもの帰りしあとの黄昏の道

太宰府の杜を過ぎたる辺りより連れとなりたる秋の名月

有袋類のおふくろたち

一歳の幼なに草履《ぞうり》はかせたり一升丸餅ふむ筑紫縁起に

踏み餅をする幼子へ祝い唄〈鶴は千年亀は万年〉

ラジオから流るる息子の話す声はじめてなれば身じろがず聞く

歌声に涙あふるるこの我と知らゆなそっとハンカチにぎる

病室のベッドの上に姑はここは何処かといくたびも問う

回診と放たれしドアより病室の空気おもおも流れはじめる

紅色の椿咲きつぐ立冬の姑《はは》の不在の庭の片隅

短歌大会おわれば辺野古へデモに行く人ありわれは温泉へ行く

大分は血の池地獄へ寄ってから我が家へ戻る予定とせんや

荷をひとつ下ろしし夫が梅雨の夜をひとり閑かに吟醸を酌む

もうお会いできるかどうかわかりません九十二才が別れ際にいう

カンガルー、タスマニアデビル、クスクスら有袋類のおふくろたちよ
ハイタッチしてさようならまた来年こどものような別れせりけり

結びなおして

あきらめを確《しか》と知り得し頃おいに秋風吹いて子育ておわる

孕みたる嫁と子を抱くわが娘なかよき姉妹のように座りおり

柿の実を番のメジロついばめる家族いちにん増える晩秋

十五夜とどこかへ出掛けてしまいそう伸び放題の紅萩の群れ

霊園に新たな墓群たちあがり新興住宅のような佇まい

この家にだあれもいない幸せを女優のようにうれしいと抱く

このはなし尾鰭の付いているらしきわが喉元に泳ぎ着きたり

三つ四つ丹波焼き栗きりもなしなるようになる、とは思えざり

山法師もうひとふんばりと力むらし朱色鳶色ちりゆく落ち葉

長生きをしすぎたという母と姑出会えば短く会話をかわす

おやすみと言いて逝きたる大往生いいねと母と私の会話

わが内の糸がぷつりと切れた日はやれやれとまた結びなおして

この冬も行って終わって夕凪は海彼よりきて海彼へ帰る

糸島の春の七草並ぶ棚ふとみどりごの笑くぼ浮かび来

涙ぐむ母と退院告げる医師これから母はわれが肩の荷

わが時間食って満腹なる母の春へと歩き始める二月

案の定と思いしことの増えてゆきそうして人は歳をかさぬる

この人に言うをためらうわが内の弱さを罪と思う秋の日

蝦夷草紙図

身の内に百八つあれば十分だ大つごもりの仕舞い湯に伸ぶ

裸木のあけぼの杉をつつみたる初春の陽は脆弱なるぞ

降るものはみな静かなりこの朝の山茶花に積む小雪初雪

神官の振るすずやかな鈴の音に穢れほとほと落ちる気配す

寛政の蝦夷草紙図《えぞそうしず》の日本領に松島ありき竹島ありき

炙り鍋、照り焼き、雑煮、鰤大根、寒鰤一本三日で仕舞い

愛犬を自由に家内を走らせし息子夫婦も帰ってゆけり

お食い初めの膳に向かえるみどりごを囲むうからから梅咲く二月

飛んでみろ

飛んでみろと聞えし声に一瞬の勇気をもてば春の夢なり

やぶつばき花を落として知らぬふりやはりあいつを好きになれない

全力で走り抜けてもその先を無限とおもう切り岸と思う

言わぬこと言いたくなきこと言えぬことほつほつ落とす白玉椿

あたたかき光と風がやって来てさくらさくらと呼べば目覚める

まだ鬼の棲まぬ乙女の空色の柔らかそうな春のスカーフ

散るものか散ってたまるか根性を示してごらん　桜ちりそむ

夫の読む本の帯には「最愛の人を失ったとき人は」の文字《もんじ》

外歩きできぬ母へのおみやげは一斤染《いっこん》めのベレー帽子を

死にたいと言う老人に死ねと言う老人居りて老人サロン

いい老人

それぞれに帰宅したかと気遣いぬ同じ会社の父と息子は

お父さんはいい老人になりそうだ息子の言葉に合点すわれは

この問いの答えをよしとなすまでに若葉の季節いくめぐりせん

こんなにも我慢してるという台詞《せりふ》あちらこちらで聞えてくるが

「自分自身の人生にとって重要な」ここで突然消えたるテレビ

私の配慮が足りずと頭《ず》をさげて四方八方まずは収まる

日めくりの今日の金言うなずきて覚悟を決める〈乗りかかった舟〉

少年を登らせたくて豆の木になると芽を出すこの空豆は

色のなき紫陽花しばし思案中梅雨入りまでに答え出します

梅雨明けの飛行機雲の裂け目からどっとどどっと夏がとびだす

おちこちに種埋めたればおちこちに平凡にゴーギャンの向日葵ひらく

先代の大風呂敷は色あせて物干し竿にからまりており

耐えられぬほどでもないが夏雲よこの世にエライ人多すぎて

心根の美《は》しくなければうつくしく咲かせられぬか　巨大ヒマワリ

ＺＯＯの象舎ボスの座めぐりこの夏をランとサリーのしずかな戦

いっぺんに皺ふかくなるここちする会議室にて二時間がほど

気心の知れてうれしき秋の膳いちもつにもつをまずは降ろして

いと小さき千日紅の赤き花いまから千日咲く覚悟かな

この命そろそろ終わりという母が筑紫新米うまそうに食む

未来の鏡

みどりごは光あかるき方を向きあきあきしたという欠伸《あくび》せり

こんなことあんなこともありましたほやりと笑まう赤子は夢に

父親になりし息子は子の為に働くという生き甲斐生まる

縦糸と横糸なるか夫婦とはあれそれ夫に頼む時には

軒下に番の鳥の雨宿りこの夕暮れは長閑すぎるよ

理想論を退け現実論に軍配があがる収入多いがよろしと

「生前の笑顔ばかりが浮かびます」弔電文例集から選ぶ

幼子は未来の鏡のぞくがにまんじりとみるひいばばの顔

良き人より良き便りくる本当に良き人なのかそれは解らぬ

呼吸する家

行先は誰にも決まっているものをあちらこちらに寄り道をして
家刀自のわれの怒りと憂鬱を包みて静かに呼吸する家

思春期のはずむ呼吸をとうに越え息子が今日で三十になる

年寄りに上げ膳据え膳するなかれ加減ほどほど手抜きの口実

介護者も被介護者も高齢となりて町内会のバスゆく

逝きし人は幸せだったと決められて花冷えの夜の話供養に

グッドデザイン賞の全床暖房の夢の家わが真向いに建つ

飲み込めぬあれとこれとを飲み込んで満腹したれば忘れてしまう

無花果の好きな母なりこの苗に何年たったら実の成るかしら

子は元気なればよしよしひさびさの便りを読みてうれしき家居

おさなごがヨイショをおぼえ曾婆が声あげ笑う日常ありぬ

オバアチャンコレカッテと声のして私のことかと振り向きてみる

娘《こ》とおさな送りし後を空港の出発ロビーにたたずむ夫は

包容力の袋

その話聞いたと言わずこの時のわが包容力の袋ふくらむ

どこまでも歩けるごとし弱法師の母の買いたるウォーキングシューズ

新大関豪栄道の豪太郎勲《いさお》し「大和魂」の口上

自転車のタイヤ凹ませゆく力士大相撲九州場所今日初日

母とまた二人救急車に乗っている片隅の椅子にわれ縮こまり

南瓜の煮物おいしかったと夕食を済ましし後の母の転倒

待合室の椅子に小声で話いる顔のよく似る一団坐して

老人の合併症とは腎炎と肺炎と認知症なりときく

さねさし相模女

雛えらぶ我らと程よき距離をもち白手袋の店員添えり

お届けは大安吉日立春のむすめの住まうさねさし相模女《さがみ》へ

あれこれと出しては仕舞い捨てる気のだんだん失せて春のゆうぐれ

山法師の紅の一本さし木するすてたるものの多きこの春

味かげん少し足りない潮汁浅利の涙の塩を少々

はばからず六十という心地よさパンチの利いたカレー仕上がる

秋の日の多弁駄弁を楽しみて連歌屋四辻を左へ曲がる

部屋ひとつ空けねばならぬこの春は跡継ぎの子が我が家にかえる

まちがいをもう指摘せず老い母の日々の繰り言苦役とし聞く

どしゃぶりの雨をふらせて黒雲はその身軽々大空をゆく

この地下はたぶん大きながらんどう工事の鉄板カラカラと踏む

未来へと一っ跳びできぬか君と吾の傷口ふかく開かぬうちに

クマゼミの森の中へと迷いたるようだ朝の窓をあければ

忍耐、諦め、少しの希望生きるとは「少年H」を君と観に行く

何年振りだろうおふろに入ったのは母の言葉にわれは絶句す

ようこそ

ニュージーランド産夏の林檎の深き赤ヒトはどこでも生きられそうだ

シーソーの片方だけに人間が乗ってしまえば日本どうなる

海千も山千もおらぬ夏の暮れ退屈なるよ鈴虫鳴けり

散歩には行けない姑が放したる老犬リズミカルに歩めり

干し上がる洗濯物を畳む母だれにも譲らぬこれが役割

身の程をわきまえて散るヤマボウシ白きはなびら未だみずみずし

不機嫌な母から逃げろとペダル踏む何処にもゆけぬマシーンなれども

わが怒り混ぜたる激辛麻婆を夫はふうふう汗して食ぶる

姑の会話の終着点は亡き娘へひとめぐりしてまた亡き娘へ

天拝山を越えくる風は掃きよせる白き花びらまた舞い散らす

あたらしき六十代は朱の色われもひっそり踏み出す予定

青空の果てより来たるみどりごのひとつ命にようこそという

ゆりかごのうた

一陣の風のようなる子育ての終われば娘が子を抱いている

これからの長き日々ありみどり児を胸に抱く娘さくらさくく春

新米の母を育ててゆくごとしややこ鋭き声をひびかす

無防備で無心なることみどり児に天然の武器ほんのり笑まう

子を抱きベビーカーを持ちママバッグ肩にかけたる娘が到着す

抱き癖は死語であるらし抱き癖のつかぬ昔の子の後いかに

みどりごを細き目をしてあやす夫あんなに子煩悩であったかしらん

みどりごが笑えば笑い大人らは泣けばあやして秋の一日

ゆりかごのうた三番までを忠実に娘が唄い赤子の眠る

みどりごの為にわたしをオバアチャンと娘夫婦が繰り返し教う

天の水門

家族待合室の扉《と》あければ待ち人の待ち時間一気に溢れ出てくる

待合室の本棚に並ぶ一冊の『天国の悪魔』を手に取って見る

手術室の熱気を持ちて出てきたる外科医すばやくマスクをはずす

手術終え帰り来れば白白とメタセコイアのてっぺんに月

物言えど半分残す胸のうち天の水門ほどよく開けて

折り返し点など何処にもないようにただゆっくりと冬の雲ゆく

長生きをして下さいとわが母にしずかに夫がいう冬の夜

冬の夜の君のコートが木枯らしの町の空気を持ち帰りたり

沈黙という方法もある男には意地と威厳を守るは易し

家中の地雷探しはこの辺でもうよしとする掃除機ルンバ

でかけゆく我にハンカチ持ったかときく母のいてはいはいと言う

明日のなき人らのように年末のバーゲンセールに人の混み合う

一年は薄き手帳の一冊分うんざりするほど咲くシクラメン

たった六文字

被写体の昔話の断片も共に写真の中に納まる

その視線上へ向ければ人間は未来へ向かうようなる気分

夫の名に添えて書きたる「内」の字が我なり隅に小さく記す

ＴＨＡＮＫＳと書かれし薔薇の届きたりわが子育てはたった六文字

障害物つぎつぎ越えて走るよう誰と競争しているのだろう

わが腕を杖とし歩く老い母にわれは頼みの綱という人

夜泣きの子背負い歩きし冬の夜の姑十九の昔語りは

食べなければ生きなければと姑は小さき茶碗にご飯をよそう

やり直す事などできぬ人生の秋はゆっくり柿の実ふとる

星屑のフロントガラスに降る夜更けナビに映らぬ街の寒気は

命の糧

太陽の記憶を秘むる向日葵の種ざわざわと発芽するころ

葉の上に乗せて小川へ流せとぞ〈悩み簡単解決方法〉

笑顔えがお誰とも仲よくよき人でありしひと日がやっと終わった

エコバッグに上手に詰めてもち上げる命の糧はこんなに重い

腹の皮ねじれるほどに笑ったらこんな姿になりしか胡瓜

行く人を日がな日すがら見てすごす向日葵にたっぷり夕暮れの水

頃合いを見計らってはどこぞからこの身の上に届く荷のある

紡ぎたき現実はいつも手に負えぬああ無力なるわれの言葉の

溜息をつくたびはらはら葉を落とす冬のメタセコイアはナーバス

助手席の昔話を聞くうちに筑紫次郎がぬっと現わる

いと小さき命を孕む娘の腹をすっぽり包むアンゴラセーター

一〇キロの荷を腹に巻き男らの父親教室にぎやかなりとぞ

暑かろう寒かろうと子を育て生の大半過ぎていきたり

涼やかに鈴鹿の森の若葉萌ゆ初宮参りの鳥居をくぐる

初宮の神官の振る鈴の音にみどり児ふっと耳をすませる

春の神田川

そのむかし金の卵と呼ばれたる人達のいてころころ笑いき

いく度も右折左折し走れども月の範疇の中なるわたし

諦めを知り尽したというかたち市場の隅の旬の活き蛸

ざんざん降りの雨のうれしさいい人になる理由などどこにもなくて

ケータイの登録削除ボタン押し以上をもって別れなりけり

女子大の更衣室からながめたる春の神田川の水のきらめき

厳《いつ》かしく旧字の交じる古手紙嫁ぎしころの亡父《ちち》からのもの

神田川の川辺の高き円柱の新聞社父が通いし所

三味線と小唄の上手な祖母なりき泉岳寺門前石屋の娘

小さき子をおみそと呼びてハンディを与えて遊びし昭和の子供

褒められし写真一枚手に取れど五十はやっぱり五十の顔だ

本日は〈クリーン作戦〉町内のあきビンあきカン拾うのがそれ

磨かれて生き返りたる換気扇どんなもんだと空気すいこむ

ししむらを無理矢理おし込めたるここち試着の服は買わずに帰る

つまりその死は遠きもの春くれば春支度して老いびと元気
不確かなことなれどだれも長生きの家系と思い、余生晩年
少しづつ力をぬきて満開の花びら散らしはじむる桜

どうでも良いこと

もち肌のもちあたたかく手の平に春のヨモギの草餅丸める

自己主張しすぎるセロリすこしだけ許し合えれば楽しきものを

どしゃ降りの雨をよろこび賑わしく色自慢する紫陽花の群れ

この世には目玉と口の数ほどのどうでも良いことありてかしまし

もういいよと言われないから鬼のまま私はこの世をたのしみ尽くす

カエルの子はカエルといえばそれは困るとむっつり言えりカエルの夫

常識は人の数ほどあるように思えて春の真っ赤な夕陽

夏物を畳めば夏もつつがなく終わりてクリアケースにおさまる

春夏秋冬年中無休

通しゃせぬ天神様の細道に警備員高く×を掲げて

太宰府の朱雀大路をちょっと逸れ梅の実ひじきを求めて帰る

私の中で何かが崩れゆく誰にも聞こえぬこの轟音は

日に幾度うたた寝をするこの母の夢は春野か枯野か知らず

こんな顔になるのかわれも午睡より覚めし老い母おおあくびせり

明日できる事も明日へと伸ばすまい決意もすぐに萎える猛暑日

悩んでも詮なきことよぬばたまの腹につるりと満月を呑む

ゆうゆうと陸中海岸泳ぎくるサンマが秋の脂をのせて

知ることの日々にたのしき萩の餅牡丹の餅の国の春秋

ラッキョウの皮剥きつげる昼ひなか単純作業のこの安心感

逃げなさい逃げてしまえば楽になるなんて囁くコスモスの花

わざわいは口から出入りするからに春夏秋冬年中無休

人間でいるたのしさのその一つ内緒話を耳がよろこぶ

ほんの少し襖をあけて声かけるいつもの時間に目覚めぬ母に

老い母が入院したる日ぐっすりと眠れしわれと誰にも言わず

素魚

帰りたくない老人と帰りたい母が並びてねむる病床

帰りたいと何度も医師に言う母が勝ち取ってくる明日の退院

預けれぱ親に優しくなれるという小柄な友のその足さばき

四つ切りにする青りんごわたくしの愛をうからに切り分けるごと

君に似て我にも似たる子らのいて君と私の似ざる可笑しさ

編み上がる子のセーターの細長し身体はすくすく縦に伸びゆく

柳橋市場に今日より解禁のつくしの文字にはねる素魚《しろうお》

入口の聖母マリアをそと触り舅《ちち》病む入院病棟へゆく

旅立つ舅

臨終の舅の眠りや人誰も全てを許すごとき貌なり

斎場の夜は静かなり逝く舅の旅立つ準備じょじょに調う

笑い顔ばかり浮かぶね子供らがおじいちゃんに注ぐビール泡立つ

封印をしたる神棚新しき榊供えて忌明けも間近

穴のあくほどに見らるるシースルーエレベーターに出会う赤子に

着ぶくれてひとつ家族を守り抜く　人は横顔から老いてゆく

きんかんをひとつ沈めて金柑湯死にたる人はみんないい人

腰痛の杖つく祖母の言いていいし痛い痒いは生きてる証拠

〈日の昇るごとし〉の運の鳩みくじ念力込めて小枝に結わう

蛍名所

亡き人に会いにゆくごと蛍見のこの世の車の続く山里

蛍名所の看板立ちて牛頸《うしくび》の神社只今どなたも不在

物言わぬ東京の床屋に違和感を感じるか否か兄弟の談

今日の日を知らん振りして過ごしおりみんな気付かぬマイバースデー

たわわなる柿の実の枝地にとどく実るというは重たきことと

子守柿夕陽を浴びてうれしそうひとつ残るという清しさに

おのこ只今六人居りておお釜に米一升の炊きあがる頃

何回もドアホーンカメラにこの顔をさらしてわれは自治会集金人

目にみえぬ力はまるで風のよう大路小路に我を連れゆく

二月尽やらねばならぬ事いくつ箇条書きして弥生に渡す

難解な図解にあればば編み直すチエーンペトウール編みとは何ぞ

小太りが長生きすると報じられ自称小太りまわりにふえる

店じまい

右の顔左の顔と違うよう呂律回らぬ母を正視す

聞きずらき母の言葉にうなずけり意味わからねどさらにうなずく

店じまいしていくようにひとつずつ老いたるその身動かなくなる

聞いているつもりで何も聞いていぬ雨のしたたる黒きひまわり

意外や意外こころに弾力性ありぬきのう曇天今日は天晴

根をはやすようにも堅き椅子で待つ医院に母と二人ならびて

輝りつける朱夏炎昼をふみいだす一歩の勇気を奮い立たせて

乗らぬ幸せ乗る幸せ

笊豆腐に人らの並ぶ天領の日田市夜明《よあけ》字《あざ》飛太郎《とびたろう》

子供らが帰ってしまって寂しいね手酌の夫の口数の減る

きびなごを肴に今宵薩摩産〈問わず語らず名もなき焼酎〉

それぞれに吉事ひとつずつ知らせくる四人の吾子に過ぐるひと夏

この年の夏に対決する覚悟うねり沸きたつわしわしの声

太陽に向くか向かぬかそれだけの自由を持ちて向日葵の花

手の中に育てし子らは自立する準備するもの飛び立ちしもの

枝払い風通しよき一木となりしが何かものを言いたげ

秋空の一番居心地良き場所にほっかり浮かぶひさかたの雲

端正に刈り上げられし槙の木を月食了えし満月照らす

割り切れぬ思いあれども今さらにたし算ひき算の答えもむなし

杖なんぞまっぴらと言いいし八十の母の選びし藤色の杖

細い糸をのぼる蜘蛛の子遅れがちうしろの蜘蛛が押し上げすすむ

満員の電車に乗らぬ幸せと乗る幸せが朝に行き交う

嫁ぎゆく娘

三日月のふふふと笑まい私の心に嬉しき事ひとつある

婚礼の娘の着物縫いあがる桜咲く午後座敷に広ぐ

嫁ぎゆく娘の荷物に加えたる母にもらいし紺地の紬

嫁ぎゆく娘の荷作りに終始する一日みじかく若葉の五月

嫁ぎたる娘の苗字ためらいて封筒に書く他人のような

おそろいのジーンズで二人帰りゆくさねさしさがみは雪かもしれぬ

結婚式の勤めを終えてジーンズに自転車漕ぎて神父帰れり

オムライス大盛りひとつ平らげて青春はいつも空腹なるよ

笑い合う少年達の声変わりせし低音が一瞬響く

五月晴れの今朝を兄と弟が〈白いかもめ〉に乗りに行きたり

女神の席

切り岸に両手で体ぶら下げるこんな感覚もつ昼下がり

天窓ゆ光の注ぐ病院に女神の席のようなるベンチ

焼き茄子の皮を剥ぎつつ持ち重る心の峠をただいま越える

細胞の分裂音は爆音と思うなり今夜新月深夜

沈む人浮く人ありてこの春は目つむりしんとしていましょうか

込み合える待合室を通り抜く女医をアフロディーテと思う一瞬

降り続く雨に晒されポスターの大物政治家眉間が歪む

地に足の着かざる高き椅子に居て何でも乗り越えられそうな気分

食卓の会話がいつか説教となりてすくっと子は席を立つ

波音を聞きて育ちし青みかん子の弁当の片隅に置く

鳥の巣を残したままに植木屋は帰りゆきたり台風予報

天窓の光を受ける十字架のイエスがふっと笑ったような

犬歯二本を削られいたる吾は多分優しき動物になるであろう

その緊張なかなかによし青年が娘との馴初め話しはじむる

雨ふくむ紅葉に朝の光射す娘の婚礼の決まるこの秋

桜の前に

〈お日様をたくさん食べてあったかい〉布団をかぶる子の弾む声

ゆりかもめ浮かべて春の室見川ゆるき流れもここが終着

狛犬に祖父の名彫られ甘木須賀神社大楠御神木横

駅前に笑う男の携帯電話《ケータイ》に繋がる相手も笑いているや

原色の靴のいならぶサマーセールはたして主《あるじ》に逢えるかどうか

主流派と反主流と中間派高崎山の猿群分類

絶対に親は子供を裏切らない高崎山の猿ら信じよ

わが近未来なる人達に囲まれてひとつの秋が過ぎつつ深む

古書店に迷子のように置かれいる〈日本人をやめる方法〉

神保町で求めし短歌常用語辞典の赤き幾本の線

六つ角に新開店の〈ばくだん屋〉ここで売りたきものひとつある

黒髪の中の白きを抜き去れどもとの私にもどれはしまい

無口なる子がはにかみて差し出だす鞄の奥より合格通知を

大きめの制服を着てわが息子　四月桜の前に立たしむ

跋

青木昭子

逆年順に編まれた『結びなおして』の冒頭に「三社参り」と題した一連がある。先ずその作品を挙げてみよう。

嫁ぶりの良きを称えて鰤一本送るならわし今も博多に

魚屋は嫁さんぶりと活きのよき胴太き鰤を選びくれたり

家族つれ息子らが来る師走尽なべ一杯にがめ煮炊きあぐ

焼あごの出汁の沸きたつ元旦の料理始めは博多雑煮で

息子らと出かける夫のうれしきは博多習いの三社参りへ

孫ひまご姑に十四人母に九人ありて事なく年越すわが家

これらは明けて平成二十九年となる間《あいだ》家の年末年始の歌である。

博多では、一首目のように男子が結婚した年は、年末に嫁ぶり、なかなかよろしくの意を込めて、嫁の実家へ鰤一本贈答する風習がある。それを「嫁さん鰤」という。

こうした当地独得の縁起を今に守られていること自体もう珍しい現代に、この行事が継がれていることを称えたい。

博多のお節といえば、がめ煮が代表的。知られているように料理そのものはどこにでもある代物だが、その名がおもしろい。鶏肉に冬の根菜幾種類かを形と大きさを揃えて、じっくり炊きこんだごった煮だが、大皿に盛って卓上にでんと置けば存在感のある一品だ。

次いで博多雑煮の特長は焼あご（トビウオ）を出汁に使うことである。鰤の切り身も加わる具沢山の雑煮は、それ専用の大振りな雑煮椀に彩りよく調え、取り合せの緑がかつお菜（鰹菜、勝男菜）であるのも独特である。

五首目の「博多習いの三社参り」とは櫛田神社、住吉神社、筥崎宮などが代表的であろうか。そうした昔からの風習を保つ正月風景が窺えて床しい。

東京育ちの著者は福岡へ嫁いで来て、程なく四十年が経つという。嫁いだ当時は大姑、舅、姑、小姑との同居であったという。「若かったんですねぇ！」とニコニコして往時を語る屈託のない晴れやかな顔を見ていると、「わたし苦労なんて知りませんっ！」という風情である。だから対手も自然に和やかな気分にさせられる。

何しろ間さんは三男一女の子福者。すでにそれぞれ独立されて、今は姑の隣家にご夫君と実母との暮しとのことだが、年中何らかの家族の行事があるようだ。その多忙をてきぱきこなし、近年家刀自の風格が富みに備わって頼もしい次第である。

短歌は、そんな家族のメモリーで始めたとのことだが間家に起る事々は、つまり普遍性があり、読み手にとっても多く共感を呼ぶ内容といえよう。

中でも歌集名となった「結びなおして」の章は、平成二十七年ポトナム白楊賞を受賞した一連である。まず数首を抽出する。

あきらめを確《しか》と知り得し頃おいに秋風吹いて子育ておわる
柿の実を番のメジロついばめる家族いちにん増える晩秋
十五夜とどこかへ出掛けてしまいそう伸び放題の紅萩の群れ
この家にだあれもいない幸せを女優のようにうれしいと抱く

過ぎて思えば、女性にとって六十代は人生で最も充実感を味わうよき世代と思う。

著者はまさにその只中へ踏み出したばかりである。生ある限り人は多端であるだろう。間さんと親しく接すると、何ごとも何とかなるという胆力の坐ったふところの深さを感じる。それはまた、集中の随処に散見する作品が物語っている。

山法師もうひとふんばりと力むらし朱色鳶色ちりゆく落ち葉
長生きをしすぎたという母と姑出会えば短く会話をかわす
おやすみと言いて逝きたる大往生いいねと母と私の会話
糸島の春の七草並ぶ棚ふとみどりごの笑くぼ浮かび来
わが時間食って満腹なる母の春へと歩き始める二月

「山法師もうひとふんばり」は自らの比喩でもあろう。この一首には人生的な味わいがある。「長生きをしすぎたという母と姑」があり、これより一ふんばり二ふんばりの日常が待っている。しかし恬淡として大らかな気質が発揮されるだろうことは目に見えている。

わが内の糸がぷつりと切れた日はやれやれとまた結びなおして

歌集名となった歌である。結び直し、繕いながら、母なる間千都子さんはより豊饒な精神を培われると信じている。

家業の印刷会社は大正五年に創業され、ご夫君は三代目に当たる。そして四代目のご子息がこの程、出版会社を興されたと聞く。

この第一歌集が、わが子の手塩によって生まれることは稀なことである。それを著者と共に心から喜びたい。

尚、挙げたい歌に心を残しながら数首を記しておく。

墓碑銘をわかる範囲で説明しうからからと〈毎日香〉を手向ける

ほがらかに挨拶をして入らんかこの奥津城の高祖たちへと

またひとつ気の病む事のやってきて我と足並みそろえて歩く

あなたにはなにかあってはたいへんと姑の言葉をかしこみて聞く
会いたいねぇと言い合う友のあることのうれしき秋の高空仰ぐ
踏み餅をする幼子へ祝い唄〈鶴は千年亀は万年〉
幼子は未来の鏡のぞくがにまんじりとみるひいばばの顔

平成二十九年五月若葉の候

あとがき

東京育ちの私が、縁あって福岡に嫁いで三十八年になります。博多の台所と言われる柳橋連合市場近くの春吉に、親子三代同居の暮らしでした。この土地の習慣や博多弁に戸惑いながら、家族や周りの方々に助けられ過ごしてまいりました。

顧みれば、短歌の師であり、人生の師とも思う青木昭子先生に出会い、初めてご指導をいただきましたのは、ＮＨＫカルチャー福岡教室でした。その後、ポトナム短歌会に入会し、いつしか十八年の歳月が経ちました。

この度、歌集出版を思いたち、四百十七首を選び、逆年順に並べて、第一歌集といたしました。歌集を編むにあたり、先生には、跋文、帯文、更には細やかなご助言をいただき心より御礼申し上げます。

大姑が亡くなってはや三十二年が過ぎ、その折、遺品の中から思いがけず作りためていた短歌が見つかりました。孫嫁となる私は、この機会にこの場を借りて数首を記し残したいと思いました。

大姑が短歌を作っておりましたことと、私が短歌に関わることに、すくなからぬ由縁を感じている次第です。ただいまの暮らしにつくづくと感謝しながら、今後とも短歌を愛し学び続けるべく努力してゆきたいと思います。

終りになりましたが、「ポトナム」の仲間の方々、また日頃ご厚誼を戴いております歌友の皆様に深く感謝申し上げます。

また、十年間、東京の出版社に勤めておりました長男が、新しくこの地に起ち上げました「春吉書房」にて本書を上梓できますことは、面映ゆいことながら望外の喜びでございます。

間　ふさえ（大姑）遺作より抄出

日めくりの紙一枚をくるごとに亡夫《つま》に逢う日の一日ちかづく

父ゆきてさらに優しき息子らはこの母あわれと思いしならむ

わが外出《そとで》いといし夫の今は亡くひねもすこもりて雨の音きく

いたむ腰ややわらげば杖つきて近くの公園にたどりつきたり

さびしさは通うものかは夜更けて電話の息子の母を案ずる

明け暮れてまたあけくれて日めくりをはぐより早く日々はすぎゆく

いとどしくすぎし昔の恋しさよ今日よりたどる八十路の坂を

平成二十九年七月尽日

間　千都子

ポトナム叢書第五二〇篇

歌集　結びなおして

二〇一七年八月十五日　初版第一刷発行

著　者　間　千都子
〒八一六―〇八一四
福岡県春日市春日十一―六

発行者　間　一根
発行所　株式会社　春吉書房
〒八一〇―〇〇〇三
福岡市中央区春吉一―七―十一
スペースキューブビル六階
電話　〇九二―七一二―七七二九
Fax　〇九二―九八六―一八三八

ISBN978-4-908314-01-8 C0092